AF330876

MÉMOIRE

SUR

LE TRANSPORT EN FRANCE

DES OBÉLISQUES DE THÈBES,

PAR LE Bon C. DUPIN,

MEMBRE DU CONSEIL D'AMIRAUTÉ;

LU LE 15 MAI 1832
À L'ACADÉMIE DES SCIENCES.

EXTRAIT DES ANNALES MARITIMES.

PARIS.

DE L'IMPRIMERIE ROYALE.

M DCCC XXXII.

MÉMOIRE

SUR

LE TRANSPORT EN FRANCE

DES OBÉLISQUES DE THÈBES.

—◦◦◦—

MESSIEURS,

La marine française exécute en ce moment une entreprise de mécanique et de navigation qui, par les difficultés à vaincre et par les succès obtenus déjà, m'a paru digne de fixer l'attention de l'Académie et d'obtenir son suffrage.

Il s'agit du transport en France des grands obélisques élevés à l'entrée du principal temple de Thèbes.

Ces deux obélisques, ainsi qu'un de ceux de la basse Égypte, connus sous le nom d'*aiguilles de Cléopâtre*, ont été donnés au gouvernement français par le vice-roi d'Égypte, en témoignage de reconnaissance pour les nombreux services que ce prince a reçus de notre patrie.

En effet, Messieurs, si Méhémet-Aly possède une armée régulière, disciplinée selon la tactique européenne, c'est à des officiers français qu'il doit cette création et les conquêtes qu'a déjà faites cette armée.

S'il possède une marine qui compte aujourd'hui des frégates et même des vaisseaux de premier rang, c'est à la création de l'arsenal d'Alexandrie par un ingénieur français qu'il doit cette

2

force navale, plus étonnante encore et plus difficile à produire que l'innovation de son armée de terre.

Enfin, lorsque Méhémet-Aly voulut que les fils des principaux officiers attachés à son gouvernement fussent initiés à la connaissance des arts et des sciences sur lesquels repose la puissance de la civilisation moderne, c'est à la France, à la capitale, et sous la direction savante d'un membre de l'Institut, qu'il a confié la jeunesse sur laquelle il fonde ses espérances pour l'avenir de l'Égypte.

Voilà quelques-uns des droits qu'avait notre pays à la reconnaissance du vice-roi, reconnaissance exprimée par un présent qui rappellera plus d'un titre de notre gloire nationale.

Ce qui me paraît donner un caractère particulier à l'expédition dont je vais expliquer les premières tentatives et les premiers résultats, c'est l'accord admirable qui s'est établi pour le succès de l'entreprise entre tous les Français que leurs fonctions désignaient pour y prendre part.

Il s'est trouvé que la France avait en Égypte un consul général (M. Mimaut) d'une activité, d'une persévérance et d'un zèle supérieurs à tous les obstacles.

Ses démarches, secondant celles de M. le baron Taylor, envoyé spécialement par le ministère français, ont aplani toutes les difficultés relatives à la concession des monumens que nous demandions à l'Égypte, pour embellir la capitale du royaume. Ce premier succès était d'autant plus méritoire qu'il fallait l'obtenir au moment même où les Anglais faisaient pour leur pays des démarches analogues, au sujet des obélisques de Thèbes.

Enfin deux de ces obélisques, ceux qui s'élèvent devant le temple de Louxor, et l'un des obélisques d'Alexandrie, vulgairement désignés sous le nom d'*aiguilles de Cléopâtre,* nous furent accordés par le vice-roi.

La concession obtenue, il restait à combiner des moyens de transport qui ne fussent pas ruineux, et qui néanmoins présentassent la garantie du succès.

La France, en effet, serait comptable au monde civilisé, elle mériterait le juste blâme de tous les admirateurs des chefs-d'œuvre antiques, si, prenant sur elle le transport des plus précieux monumens, elle n'était pas assurée de leur conservation.

Les difficultés qu'elle avait à vaincre présentaient trois séries d'opérations essentiellement distinctes.

Quels moyens de transport emploierait-on,

1° Pour abattre les obélisques, les amener au bord du Nil et les embarquer?

2° Pour descendre le fleuve jusqu'à la mer?

3° Pour faire le trajet des côtes de l'Égypte jusque dans un port de France, et de là jusqu'à Paris?

Afin de résoudre ces problèmes, le gouvernement français commença par demander aux officiers de notre marine attachés au service égyptien quels moyens leur semblaient le plus avantageusement praticables.

M. Besson, directeur des mouvemens du port d'Alexandrie, proposa de construire un énorme radeau, sur lequel on ferait descendre les obélisques depuis Thèbes jusqu'à la mer. Le radeau serait ensuite pris à la remorque, soit par un bâtiment à voiles, soit par un navire à vapeur.

Ce projet, soumis à l'examen d'une commission spéciale, à Paris (1), ne parut offrir ni l'économie, ni la sécurité désirables.

Alors il fut décidé que l'on construirait à Toulon un bâtiment de transport, dont les dimensions seraient assez grandes pour recevoir dans sa cale un des obélisques, et qui néanmoins, avec une carène très-plate et très-renflée, aurait assez peu de tirant d'eau pour naviguer dans le Nil et franchir la redoutable barre, à l'embouchure de ce fleuve, au-dessous de Rosette.

Ce bâtiment fut appelé *le Louxor,* nom d'un village qui

____

(1) La commission se composait de MM. Tupinier, de Mackau, Biet de Laborde et de Livron.

s'élève aujourd'hui sur les ruines de Thèbes : il fut construit dans le courant de 1830.

On confia le commandement de ce navire à M. Verninac de Saint-Maur, lieutenant de vaisseau plein d'expérience, de prudence et de fermeté.

Les opérations nécessaires pour abattre les obélisques, les conduire à bord et les installer dans *le Louxor*, furent confiées à M. Lebas, ancien élève de l'École polytechnique, et sous-ingénieur de première classe au corps du génie maritime. Les opérations mêmes que je dois décrire me dispensent de dire un seul mot anticipé pour faire l'éloge de M. Lebas.

Le Louxor fut en état de prendre la mer au mois de mars 1831. On avait pensé d'abord que ce bâtiment ne pourrait naviguer qu'à la remorque, en pleine mer; M. de Verninac déclara n'avoir pas besoin d'un tel secours. Il fut secondé par le temps le plus favorable. On avait calculé sur un mois de traversée; le bâtiment se rendit des côtes de France à celles d'Égypte en dix-huit jours de navigation; mais il eut pendant seize jours le vent le plus favorable, arrière ou grand largue.

Par la configuration même de ce bâtiment, il devait naviguer parfaitement sous ces deux allures; vent arrière, il atteignit presque la vitesse de trois lieues à l'heure; mais lorsque le vent devint contraire, et qu'on fut obligé d'orienter le navire au plus près, on trouva qu'il dérivait énormément, et que loin de gagner dans le vent il perdait toujours. Cette épreuve fut importante; elle démontra qu'à l'époque où viendrait l'opération du retour, il serait téméraire de confier, sans remorque, ce navire à la pleine mer, lorsqu'il aurait à bord sa précieuse cargaison.

Par l'arrivée du *Louxor* en Égypte, les moindres difficultés se trouvaient vaincues; les plus grandes devaient être la remonte du Nil jusqu'à Thèbes. Le bâtiment ne pouvant guère être réduit à moins de deux mètres de tirant d'eau, lorsqu'on l'aurait allégé le plus possible, ne pourra remonter le fleuve qu'au mois de juillet. Mais, à cette époque, les eaux inondent presque par-tout les rives d'où l'on pourrait opérer le halage du navire; le Nil présente une multitude de bancs de sable, qui, joints à la multiplicité des contours du fleuve, rendent la navigation extrêmement difficile, particulièrement au-dessous du Kaire. Ces obstacles rendaient fort douteux l'emploi fréquent de la voile; il y faudrait suppléer quelquefois par le halage, et souvent par de longues touées, en se halant sur des ancres jetées en amont du navire; enfin, ces opérations pénibles devaient être exécutées sous une température de 30 à 34 degrés, par un équipage européen.

La remonte du *Louxor* étant retardée par les basses eaux, l'ingénieur de l'expédition s'empresse de prendre les devans. Il embarque, sur huit *djermes*, les ouvriers, les bois, les cordages et les apparaux nécessaires aux travaux du transport des obélisques. Avec ces bateaux plats, qui servent à remonter le Nil, M. Lebas appareille d'Alexandrie, le 12 juin 1831.

A peine la flottille de l'ingénieur est-elle à la voile, un coup de vent rompt l'antenne de la djerme qu'il monte, et retarde d'un jour l'expédition; il rentre dans le port d'Alexandrie, en ressort, et le 13 il arrive à Rosette. A cet endroit du Nil, il faut de nouveau transporter tout le matériel de l'expédition sur des bateaux plus plats et plus légers encore que les djermes de la basse Égypte.

Le 19 juin, ce pénible travail est achevé, et la flottille remonte le fleuve pour se rendre au Kaire. Ici se présentent d'autres difficultés qu'on n'avait point prévues. Les reis ou patrons des agabas, afin de rester en chemin le plus long-temps possible, et d'être payés un plus grand nombre de jours, s'échouaient sur des bancs de sable toutes les fois qu'ils en trouvaient l'occasion; alors ils attendaient tranquillement que la crue du Nil les remît à flot, et les obligeât de faire voile pour reprendre leur route. L'impatience française ne pouvait consentir à ces délais. Il fallait faire haler les agabas dans les hauts-fonds, en recourant aux Arabes des villages voisins, qu'on n'obtenait qu'à des prix excessifs. L'un des agabas, en s'échouant contre un cap, perd son gouvernail, qu'on remplace provisoirement; mais au Kaire il faut radouber le navire.

Le gouverneur du Kaire, auquel M. Lebas se plaignit de la conduite des reis ou patrons d'agabas, les fit réprimander sévèrement; ce qui valait mieux encore, il fit embarquer quatre janissaires chargés d'exercer la police sur ces patrons, et d'empêcher ceux-ci de retarder à dessein la navigation de la flottille.

Le reste de la remonte s'est opéré sans accident grave, jusqu'à la hauteur de la chaîne des montagnes du *Bon-Sedah*. Mais le 3 juillet, vers les dix heures du soir, au moment où la flottille doublait cette chaîne, elle fut dispersée par un coup de vent, suivi de rafales violentes, auxquelles succédait tout-à-coup un calme plat. La direction du vent, dit M. Lebas, qui descendait de la montagne en tourbillons, faisait le tour du compas dans l'espace de dix minutes. Par suite de ces mouvemens tumultueux, une des deux djermes qu'on avait conservées eut son grand mât cassé. Les agabas perdirent leur voile, et *la Cange*, petit canot à deux places et à six bancs de nageurs, fut jetée sur la côte dans un champ de pastèques. Après trois heures de tempête, le vent s'apaisa; l'on se mit à réparer les avaries, et, dès le lendemain, la flottille put poursuivre son voyage. Elle jeta l'ancre le 31 juillet, à la hauteur du temple au pied duquel est bâti le village de Louxor.

A peine arrivé, M. Lebas s'occupe du soin de loger la troupe laborieuse qu'il amène; il établit un magasin pour son matériel et ses vivres; puis il commence à déblayer autour de l'obélisque qu'il s'agit d'abattre et de transporter le premier.

Tandis qu'il se livre à ces travaux dans les derniers jours de juillet et les premiers du mois suivant, revenons au capitaine du *Louxor*, que nous avons laissé dans Alexandrie, attendant que la hauteur des eaux du Nil lui permît d'achever son voyage.

Par une circonstance heureuse, le brig de guerre *le d'As-sas*, destiné pour Navarin, se trouvait dans le port d'Alexan-drie lorsque *le Louxor* se préparait à franchir le Boghaz, barre sur laquelle il faut passer lorsqu'on remonte le fleuve en allant à Rosette. Le capitaine du *d'Assas* consentit à remorquer *le Louxor* d'Alexandrie jusqu'à la barre, lorsque ce navire aurait franchi les passes dangereuses qui sont en avant du port.

Cette première manœuvre du *Louxor* demanda trente heures de travail forcé. Le soir du 15, ce bâtiment, remor-qué par *le d'Assas*, vint mouiller devant la barre de Rosette.

La direction que devait suivre le navire avait été balisée par un officier de marine que M. de Verninac avait envoyé d'avance. Tout étant ainsi préparé, laissons cet officier décrire lui-même l'opération du passage de la barre.

« Le 16 juillet au matin, le chef des pilotes vint à bord et s'informa du tirant d'eau du navire, lequel était de six pieds. Il demanda que l'on débarquât quarante tonneaux de lest, afin de le réduire à cinq pieds et demi. Au douzième tonneau, m'apercevant que le vent fraîchissait, et que nous nous expo-sions à perdre par le creux de la lame plus que nous ne ga-gnions par le débarquement d'une partie du fer, je témoignai au pilote la nécessité absolue d'appareiller sur-le-champ, lui faisant comprendre que bien que le bâtiment touchât, sa forme plate le garantirait d'avaries majeures. Nous appareillâmes en effet, et en moins d'un quart d'heure, nous nous trouvâmes sur la barre, labourant le fond avec nos cinq quilles. Quelques secousses un peu fortes me firent craindre que l'expédition ne fût terminée. Le bâtiment s'arrêta net pendant cinq minutes ; mais bientôt il reprit son aire pour naviguer librement dans le plus tranquille de tous les fleuves. A deux heures de l'après-midi, nous étions amarrés avec un faux bras, sur un piquet planté dans la grande place de Rosette. Tout ce qui pouvait nous être utile, nous l'avons trouvé au Boghaz : pilotes, djermes, bateaux, balises ; grâces à l'empressement que M. le

consul de France a mis pour attirer sur l'expédition la bien-
veillance et l'intérêt du vice-roi. Les soins du gouverneur de
Rosette nous prouvent combien sont précis les ordres qu'il a
reçus de ne rien nous refuser.

« Nous avons aussi beaucoup à nous louer de M. Camfps,
agent consulaire de Francé, qui, sans fortune, exerce ici gratis
l'hospitalité vis-à-vis de tous les Français qui passent. Il serait
convenable de le couvrir, sur les fonds de l'expédition, des
frais que ce brave homme se croit obligé de faire pour nous.
Jamais argent ne sera plus justement employé. »

Ce qu'on doit remarquer dans le récit de M. Verninac, c'est
la modestie et la sincérité qu'il apporte à relater toutes les
circonstances qui lui sont étrangères et qui diminuent les
difficultés de l'expédition; c'est son zèle à faire valoir le mérite
de tous ceux qui le secondent : il n'oublie que lui; mais il est
seul à s'oublier. « La fortune, dit-il, nous a beaucoup favo-
risés jusqu'à présent. En effet, il ne fallait pas moins qu'un
vent constant d'O. pour nous mener de Toulon à Alexandrie.
Il fallait que le vent de N. et N. E., qui a régné pendant tout
notre séjour sur cette dernière rade, fît place, le soir que nous
l'avons quittée, à celui d'O. N. O., le seul qui pût nous per-
mettre d'arriver au Boghaz. Il fallait qu'il passât au N. le lendemain, pour que *le Louxor*, par le seul moyen de ses voiles,
franchît la barre de Rosette; mais si je donne aux circonstances
la part qu'elles ont eue dans notre heureuse navigation, c'est
au zèle des officiers, c'est à la patience et à la bonne volonté
de l'équipage que je dois d'en avoir pu profiter, et que je dois
de plus l'espérance d'une complète réussite pour le reste des
opérations. »

Après six jours de navigation, *le Louxor* arriva devant le
Kaire. Pour parcourir ce trajet, il a fallu, dans les mauvais
passages, remonter à force de bras, en virant au cabestan, dans
une longueur de cent vingt encâblures, sur des ancres à jet,
et l'équipage manœuvrant sous le poids d'une chaleur de 32°.

Il faut dire aussi que, du côté des naturels du pays, aucun

secours n'était refusé, grâces à l'intervention du consul général, toujours infatigable dans ses démarches pour assurer le succès de l'expédition. Le capitaine du *Louxor* atteste avec une profonde reconnaissance, pour les officiers et pour lui, la considération et l'intérêt dont cet excellent Français les avait environnés, en obtenant du vice-roi les ordres les plus précis et deux sous-officiers de la garde pour en assurer l'exécution. Aussi, dit M. de Verninac, tout marche sans effort, en ce qui dépend de la volonté ou du pouvoir des hommes.

Le *Louxor*, arrivé le 17 au Kaire, ayant changé de pilote, repartit le 19. Dès le 25, il était à Siout. Les officiers s'étonnaient d'avoir trouvé peu de nouveaux obstacles dans cette partie de leur route; mais depuis Siout jusqu'à Thèbes, la ligne navigable du Nil est très-tortueuse : en beaucoup d'endroits, il fallait lutter contre un courant de quatre à cinq nœuds, ou cinq nœuds et demi, et contre un vent toujours opposé.

Il est impossible d'exagérer les fatigues de l'équipage. Il a travaillé jusqu'à trois jours de suite, pendant dix-huit heures, pour avancer seulement d'une demi-lieue, tandis qu'un thermomètre, recevant les rayons du soleil, marquait de 53 à 55°. Tous les cordages d'amarre, toutes les embarcations ont été brisés dans ce pénible trajet. Au dernier coude du fleuve, à cinq lieues de Thèbes, il ne restait qu'un seul canot qui tînt l'eau, et deux cordages appelés *aussières*, presque réduits en étoupes. Ce passage est le seul où *le Louxor* ait employé des hommes du pays pour se faire haler. On rassembla quatre cents Arabes, qui travaillèrent pendant onze heures, pour remonter seulement un espace de quatre milles.

Enfin, le 15 août, *le Louxor* vint mouiller devant le village dont il porte le nom, et tous les Français de l'expédition se trouvèrent heureusement réunis.

Un lit d'échouage était préparé; *le Louxor* y fut placé. Chaque jour on l'avançait un peu sur le plan incliné de ce lit : autant que le permettait la crue des eaux du Nil.

M. Lebas, d'après l'indication donnée par notre illustre concitoyen M. Champollion le jeune, avait fait choix de l'obélisque qui se trouve à la droite du pylone, lorsqu'on entre dans le temple, comme le plus précieux, et celui qu'il fallait transporter le premier.

Il avait fait déblayer jusqu'au pied de l'obélisque. Il découvrit sur la face occidentale du monolithe, une fissure qui part du tiers de la hauteur. Après huit jours de travail, ce socle fut mis à découvert, et l'on put voir que la fissure se prolongeait jusqu'à la base.

Une file de maisons étaient adossées à la face occidentale de l'obélisque; il fallut les acquérir, ce qui demanda des formalités, et quelques jours pour les lever. On acquit six maisons pour 4,000 francs; la journée des Arabes, quand on demande à-la-fois un grand nombre d'ouvriers, coûte de 35 à 40 centimes.

M. Lebas ayant achevé les démolitions et les fouilles, il vit à nu la face occidentale, et crut y reconnaître la continuité de la fissure qu'il avait observée sur la face opposée. Il pensa néanmoins qu'avec l'appareil qu'il projetait pour abattre le monolithe et les forts cadres de bois destinés à l'entourer, il pourrait éviter tout accident de rupture. Les soins qu'il a pris à cet égard ont obtenu le succès le plus complet.

M. Champollion le jeune désirait beaucoup qu'on retirât avec soin les socles qui supportent les obélisques. Il demandait qu'on les transportât en France, afin qu'à Paris ces monumens pussent être placés comme ils l'ont été par leurs inventeurs en Égypte, et non pas, comme ils le sont à Rome, sur des piédestaux d'une architecture moderne et disparate.

Malheureusement l'excavation montra que le socle de l'obélisque mis à nu est entièrement dégradé. Le granit rose dont il est formé, décomposé par l'action du nitre, présente une croûte friable, déchirante à la superficie et semblable à des scories métalliques.

M. Lebas a soigneusement copié toutes les sculptures
visibles encore sur une face du socle, celle de l'occident; il a
soigneusement copié les hiéroglyphes sculptés sur la face occidentale de l'obélisque, dans la partie cachée par les murs des
habitations, et que, par cette raison, les savans de l'expédition
d'Égypte, ni M. Champollion, n'avaient pas pu voir et
dessiner.

Il fallait pratiquer un chemin ou plan incliné, depuis l'obélisque à transporter, jusqu'au navire *le Louxor*. Pour pratiquer ce plan incliné, on a dû trancher deux monticules
antiques décombres, et démolir toutes les maisons mo-
dernes qui se trouvaient sur la route qu'on voulait suivre.
Ces tranchées ont demandé le travail de huit cents hommes
pendant trois mois.

Tandis qu'on opérait ces déblais avec le secours des ouvriers du pays, dirigés par M. Jaurès, officier de marine,
les charpentiers exécutaient un entourage solide autour de
l'obélisque pour le préserver de toute dégradation lors de
l'abatage; ils préparaient, avec les marins, les apparaux, les
mâts, les cabestans, les cordages et les chaînes nécessaires à
l'opération de l'abatage.

Au milieu de ces travaux, et lorsqu'il fallait encore les
efforts les plus énergiques pour arriver aux termes de l'opération, l'épidémie du choléra prolongeant ses ravages, parvint
dans la haute Égypte. Cette maladie fit éprouver d'immenses
pertes parmi les seuls naturels du pays, et les Français purent
croire durant quelques jours qu'ils seraient exempts de ce cruel
fléau. Mais, dès le 4 octobre, dix matelots du *Louxor* étaient
atteints par l'épidémie. Qu'on juge alors de la situation cruelle
où se trouvaient les officiers de l'expédition, et particulièrement l'ingénieur, sur qui pesait la responsabilité des travaux!
Fallait-il les continuer sous un ciel brûlant, au risque de tous
ces périls? fallait-il les interrompre? Mais alors le temps
manquait pour achever toutes les opérations : l'abatage, le
transport, l'embarquement, et enfin la reconstruction de la proue

du *Louxòr*, ne pouvaient pas être terminés avant l'inondation de 1832; il fallait tout abandonner. Cette considération, mûrement pesée par MM. Lebas et Verninac, l'emporta dans leur esprit, et s'élevant au-dessus de la crainte, ils continuèrent de travailler au milieu des Arabes, qui, mal nourris et mal soignés, mouraient en foule.

Dans les premiers temps les officiers français, en redoublant d'attentions sur la nourriture et la boisson des ouvriers et des matelots, en montrant une sérénité, une gaieté constantes, se flattaient d'écarter le fléau même, en bannissant l'idée qu'il pût atteindre les Français; mais la maladie, comme nous l'avons dit, finit par frapper nos compatriotes.

Heureusement qu'il se trouvait dans l'expédition un habile chirurgien de la marine, M. Angelin, que le gouvernement avait quelque temps auparavant chargé d'étudier en Syrie la nature et le traitement du choléra-morbus. Grâces aux talens, aux soins constans, au zèle infatigable de M. Angelin (1), des quinze Français de l'expédition, atteints par l'épidémie, *pas un seul ne succomba*. Dans les huit mois de 1831 employés à l'expédition, les seules pertes se bornent à quatre matelots, attaqués par la dyssenterie, et victimes de leur intempérance.

Enfin, Messieurs, tous les obstacles vaincus, tous les déblais opérés, le chemin depuis l'obélisque jusqu'au navire achevé, le monolithe encadré dans un solide entourage de bois, les préparatifs de l'abatage accomplis, on pouvait tenter cette opération délicate et difficile.

Nous ne pouvons offrir ici qu'une indication très-sommaire du système employé pour cet abatage d'un monolithe ayant environ vingt-quatre mètres de hauteur, et pesant avec son entourage au moins 250 tonneaux, ou 250,000 kilogrammes.

M. Lebas a conçu la pensée, 1° d'abattre l'obélisque par sa rotation insensible autour d'une des quatre arêtes de la base inférieure, en le faisant tourner ainsi depuis sa position verti-

---

(1) Voyez son rapport, *Ann. marit.*, page 559 du tome 2 de 1831, IIe partie.

cale jusqu'à 50° ou 55° d'inclinaison ; 2° de tenir alors l'obélisque appuyé par une de ses grandes faces sur un cylindre
horizontal en bois, invariablement fixé au sommet du plan
incliné qui conduit au navire ; 3° de tout disposer pour que la
verticale menée par le point de contact du cylindre et de l'obélisque passât entre le pied de l'obélisque et le centre de gravité
de la pyramide, mais en ne laissant que peu de distance entre
la verticale et le centre de gravité ; 4° d'opérer une seconde
rotation de l'obélisque sur le cylindre immobile, jusqu'à ce que
l'obélisque se trouvât abattu complétement sur le plan incliné.

Afin de rester constamment le maître des mouvemens de
l'obélisque, M. Lebas imagina deux systèmes d'apparaux : un
premier, que j'appellerai *système d'impulsion*, pour attirer
de haut en bas la tête de l'obélisque ; un second, que j'appellerai *système de retenue*, pour empêcher toute accélération
fâcheuse dans les mouvemens d'abatage.

Le mouvement d'impulsion était donné par trois cabestans
agissant sur autant de garans ou cordages mobiles d'un pareil
nombre de moufles (1), avec une poulie de retour pour chacun.
Les poulies fixes des trois moufles ou palans étaient fixées, ou,
comme on dit en termes de marine, frappées sur un même
cylindre de bois entouré dans le sens de l'axe par la boucle
d'un double cordage, dont l'autre extrémité présentait pareil-
lement une boucle passée et fixée (2) autour de la tête de
l'obélisque.

D'après cette description, vous voyez qu'en virant à-la-fois
sur les trois cabestans, on agissait pour faire abaisser la tête de
l'obélisque, et produire le premier mouvement de rotation que
nous avons indiqué.

Passons maintenant aux moyens de retenue.

M. Lebas a conçu l'idée ingénieuse, 1° de retenir l'obélisque comme un mât de vaisseau, par un système de cordages
déployés en éventail, et symétriquement de chaque côté du

(1) C'étaient des palans à deux rouets et à poulies de retour.
(2) Estropée sur la tête de l'obélisque.

plan dans lequel doit tourner l'axe de l'obélisque; 2° de rendre mobile une base horizontale sur laquelle seraient solidement attachés les haubans ou cordages de retenue.

Cette base horizontale est un chevalet formé de huit mâtereaux ou bigues, venant se fixer sur un cylindre horizontal, au pied d'un petit mur (c'est le mur qui supporte le cylindre réservé pour la seconde rotation de l'obélisque).

La tête de ces huit mâtereaux est réunie, en dessus et en dessous, par une traverse horizontale; à ces deux traverses sont attachés les huit haubans de retenue de l'obélisque, entre les intervalles des mâtereaux.

Au-dessous du chevalet ainsi disposé, sont établis huit moufles ou palans de retenue, ayant leur poulie mobile attachée à l'aplomb de chaque traverse du chevalet, et leur poulie fixe retenue par un solide encadrement de charpente autour de la base du second obélisque. Le cordage mobile ou garant de chaque moufle vient faire un tour dans une rainure séparée, sur un cylindre horizontal, ou treuil; de là, le cordage mobile fait un autre tour sur un cylindre de bois sans rainure; enfin, la portion libre de chaque cordage de retenue est mise entre les mains d'un manœuvre, au moment de l'opération.

Le cylindre sans rainures est retenu fixement par des chaînes de fer qui font le tour du soubassement de l'obélisque qu'il s'agit d'abattre.

Les deux systèmes d'impulsion et de retenue établis avec toutes les précautions que pouvait dicter la prudence, il a fallu d'abord ordonner de virer aux trois cabestans, pour amener le centre de gravité de la pyramide à l'aplomb de l'arête inférieure, axe de la première rotation.

La même impulsion continuant, le centre de gravité projeté au-delà de l'axe d'appui, le poids de la pyramide tendait de plus en plus à l'accélération du mouvement. C'est alors que l'action des retenues s'est opérée. Il a suffi pour cela que les huit hommes tenant en main les cordes de retenue fissent force pour résister, et ne lâcher, ne filer que peu-à-peu ces cordages. C'est ainsi qu'ont été parcourus les 55° de la première rotation, en exigeant de ces huit hommes une action de plus en plus forte pour contre-balancer la puissance d'un bras de levier, croissant à mesure que le centre de gravité de la pyramide s'éloignait de l'axe d'appui.

Dès le moment où la pyramide a posé vers le tiers de sa hauteur, contre un nouvel axe de rotation et d'appui, la distance du centre de gravité de la pyramide au plan vertical mené par cet axe est devenue très-peu considérable ; par conséquent, les efforts nécessaires à la retenue sont eux-mêmes devenus beaucoup moindres.

Mais, dans cette nouvelle rotation, il fallait éviter un nouveau danger ; la pyramide, posée par une face inclinée sur un cylindre fixe, en tournant sur ce cylindre, aurait pu glisser le long du cylindre.

C'est à quoi M. Lebas avait eu soin d'obvier, par la disposition d'une muraille concave, ayant pour revêtement des madriers horizontaux qui figuraient une surface cylindrique, développante du cylindre fixe sur lequel, comme sur un axe, devait s'opérer la seconde rotation.

Afin d'opérer cette seconde rotation, de nouveaux moufles d'impulsion ont été frappés à la partie supérieure du chevalet, devenu presque vertical. Ce chevalet, à son tour, a reçu l'appui des haubans, enlevés de la pyramide et fixés sur les points d'appui des anciennes poulies de retenue.

Alors le système des mâtereaux, réunis en chevalet, est devenu fixe, de mobile qu'il était précédemment. Quatre forts moufles, appelés caliornes, ont été fixés à la base et au sommet de la pyramide. Les quatre premiers tendaient alors à soulever la base, les quatre derniers à retenir le sommet de la pyramide.

Vers le sommet du plan incliné préparé pour recevoir la pyramide et la conduire au navire, on avait posé trois tréteaux sur lesquels la pyramide, en achevant sa seconde rotation, est venue se poser.

Ces tréteaux, susceptibles d'être démontés, étaient préparés pour servir de plancher ou cale de halage, et portés successivement, celui de l'arrière en avant des deux autres.

Par le système d'abatage que nous venons de décrire, la pyramide s'est trouvée reposer sur un point beaucoup plus élevé que sa base inférieure. Il en est résulté qu'on a pu, 1° éviter un déblai considérable dans une longueur de deux cent quatre-vingts mètres ; 2° pratiquer un plan incliné dont la ligne de plus grande pente descendît d'un quarantième de sa longueur.

L'opération que nous venons de décrire serait admirée partout, à raison de sa belle simplicité, à raison de l'économie des moyens et de la disposition judicieuse établie dans ses diverses parties pour concourir à l'harmonie de l'ensemble.

Mais lorsque l'on considère les difficultés de tout genre dont il fallait triompher, le peu de ressources en bois, en fer, en cordages, qu'on avait pu transporter dans la haute Égypte, aux confins du désert, loin de tout arsenal qui pût offrir des ressources et suppléer aux besoins qu'on n'avait pas pu prévoir ; lorsque l'on considère le petit nombre d'ouvriers de marine et de matelots dont on avait pu disposer, l'ardeur brûlante du climat et l'épidémie la plus effrayante, qui s'étendit sur la sixième partie des hommes composant l'expédition ; lorsque ensuite on compare ces difficultés avec le zèle constant, l'esprit de ressource, le génie inventif, le courage, la concorde, l'amitié qui font agir comme une seule famille tous ces Français qui veulent doter leur patrie d'un monument digne de sa gloire, on éprouve pour les auteurs de telles entreprises un sentiment qui rend plus fier d'appartenir à la France.

J'ai pensé que l'Académie accueillerait avec un vif intérêt la description des opérations par lesquelles ont été vaincues les difficultés les plus grandes qu'offrait le transport des obélisques de Thèbes.

Je ne crains pas de présenter à l'Académie l'abatage de

ces obélisques, tel que M. Lebas l'a mis en exécution, comme étant digne à tous égards du prix de mécanique proposé par M. de Monthyon.

L'opération s'est effectuée dans l'année 1831, et par conséquent doit concourir pour 1832.

J'avoue qu'à ma connaissance, aucune opération, aucune invention de mécanique ne saurait vous être présentée pour l'année 1831, et disputer le prix avec celle que je viens de décrire. Votre commission sera juge à cet égard, et j'ai pleine confiance en son suffrage éclairé.

es chimiques, tel que M. Etches l'a mis en exécution, rendra
étant digne à tous égards du prix de mécanique proposé par
M. de Montyon.

L'application s'est effectué dans l'année 1831, et par conséquent doit consumir pour 1832.

Avons qu'à ma connaissance, aucune opération, aucune
invention de mécanique ne saurait vous être présentée pour
l'année 1831, et discuter le prix avec celle que je viens de
décrire. Votre comité son avec juge à cet égard, et j'ai pleine
confiance en son suffrage éclairé.